幼兒社區探索系列

圖書館

袁妙霞／著

新雅文化事業有限公司
www.sunya.com.hk

今天，爸爸提議一家人到海濱單車徑騎車。小楓和妹妹小澄都興奮得高聲歡呼。

「今天天氣酷熱，不宜戶外活動。」媽媽說完，小楓和小澄都失望得垂下頭來。

32℃

45%

「你們不用失望，今天我們改變計劃，去一個既舒適又有趣的地方。」

　　爸爸說的有趣地方，就是圖書館了。他們一家人都喜歡看書，每晚飯後都有至少三十分鐘的閱讀時間，全家人一起閱讀。

出門了，媽媽為孩子準備了小背包，又準備了
環保袋。咦！這是做什麼用的呢？

一家人來到區內的公共圖書館。一踏進圖書館，就覺得涼快舒適，剛才路上的酷熱感覺一掃而空。

圖書館樓高數層，除了成人和兒童圖書館外，還有自修室、閱覽室、活動室、資料室等，設施齊全。

4	學生自修室
3	成人圖書館
2	兒童媒體資料室
1	兒童圖書館
G	顧客服務台
LG	推廣活動室

小知識

公共圖書館是什麼地方？

公共圖書館是社區裏的文娛設施，為市民提供免費的圖書資源借閱服務。這裏藏有各種各樣的圖書資料，迎合不同年齡人士的閱讀需要，提供了寧靜舒適的環境，讓大家閱讀和消閒。

爸爸説：「除了圖書外，這裏還有報紙、雜誌、視聽資料和可供上網的電腦，所以説圖書館是個有趣的地方啊！」

他們兵分兩路，爸爸到成人圖書館找工具書和雜誌；
媽媽就帶小楓和小澄到兒童圖書館去。

小楓家中只有一個書架，圖書館中卻有很多很多書架。
圖書種類包羅萬有，任何讀者都可以找到適合自己的書。

「這裏的書真多，我們應該怎樣找啊？」小澄看見一列一列的書架，都不知道從何入手。

「這個我知道。」小楓說：「我見過爸爸在電腦的圖書目錄中輸入書名，找到圖書的編號，就可以到相應的書架找到想要的書了。」

「小楓真棒！給你一個讚。」媽媽豎起大拇指說。

小知識

圖書館裏有什麼設施？

為了滿足不同年齡的讀者需要，圖書館設有成人借閱圖書館、兒童圖書館、參考圖書館，還有多媒體資料室、閱讀室、自修室等設施。要注意未滿12歲的兒童，除非有成年人陪同，否則不得隨意進入成人圖書館。

「我明白了。就像我們去看電影，進入電影院後，媽媽按票上的編號，找我們的座位一樣。」小澄說。

「小澄真聰明，也給你一個讚。」媽媽再豎起大拇指說。

怎樣才能找出自己想要的圖書？

除了瀏覽書架，讀者還可以利用圖書館的電腦圖書目錄終端機找出需要的圖書。我們可以按作者、書名、國際書號（ISBN）、或輸入一些關鍵詞等來檢索所需要的書籍資料。

給孩子的恐龍全百科

檢索　　　進階

小知識

圖書館裏的書本是怎樣分類的？

圖書館的館藏浩瀚，按不同的內容分類整理上架，基本可分為十大類別編號，包括：總類000、哲學100、宗教200、自然科學300、應用科學400、社會科學500、中國史地600、世界史地及傳記700、語言文學800、美術遊藝900等，然後再作仔細分類，以便管理查找。

給孩子的恐龍全百科　　359.2112

　　這時，一位圖書管理員推着一輛放滿圖書的手推車，準備把書放回架上。

　　媽媽說：「由於每本圖書都有特定的編號，所以我們看完書後，不要亂放。我們可以把圖書放在旁邊的手推車上，管理員就會把這些書放回原位。」

「警察叔叔把迷路的小朋友送回家，圖書管理員叔叔就把迷路的書送回家。」小楓果然是個聰明的孩子啊！

　　兩個孩子都沒有特定想看的書，於是就按書架上的分類牌，找自己喜歡看的類別。小澄挑了兩本繪本，跟媽媽來到閱讀區。閱讀區內有椅有桌，十分舒適。

開始的時候，小澄把背包放在旁邊沒人坐的椅子上。後來，讀者越來越多，媽媽看見有小朋友沒座位，就讓小澄把背包放在地上，騰出座位給其他人。

「表哥，表哥……」突然，傳來小楓的叫喊聲。小楓沒想到會在圖書館遇到熟人，當他看見遠處的表哥時，不禁高興得大叫起來。

表哥看見小楓也很高興，但圖書館內要保持安靜，他把手指放在嘴唇上，示意小楓不要高聲叫嚷。

小知識 **在圖書館裏，為什麼我們要遵守規則？**
圖書館是一個公共場所，我們都要遵守規則和禮儀，例如：保持安靜、愛惜書本，不要奔跑追逐、霸佔座椅等等。這樣圖書館才得以維持一個寧靜、舒適的環境，讓大家享受閱讀的樂趣。

JJ
圖畫故事

表哥快要升中了，經常來圖書館借書和參加活動。今天，他剛聽完一個關於電子書的講座。原來，除了實體書外，圖書館還設有電子書資料庫，供讀者閱覽。

　　「表哥，你看這本書多有趣，有各式各樣的車，有載人的，載貨的，載車的，載油的，載貨櫃的，載垃圾的……」小楓拿着一本介紹各類車輛的書，說個沒完。

小知識

圖書館裏有哪些有趣好玩的活動？

除了提供借閱圖書服務，圖書館還會經常舉辦不同類型的活動，例如兒童故事分享、閱讀計劃及文學作文比賽、還有書籍介紹、展覽及專題講座等，藉此推廣閱讀和文化藝術。

「好了，好了。你把書借回家，再慢慢告訴表哥好嗎？」媽媽輕聲地說。畢竟圖書館不是聊天的地方啊！

「大家快看看有什麼書想借。爸爸說等會兒請我們吃大餐呢！」媽媽再說。

三個孩子聽了都高興得很，想到圖書館要保持安靜，所以就用無聲的拍掌來代替高聲的歡呼。

23

沒多久，所有人都齊集借書處。爸爸手執多本雜誌；小楓挑了好幾本關於汽車和飛機的書；小澄選的都是繪本；表哥說他快要參加一個兒童故事創作比賽，所以借幾本兒童小說參考一下。

小知識

圖書館管理員有哪些工作？

除了負責借還書籍、維持秩序，圖書館管理員還要負責不同的工作，例如：整理館藏、收拾書架、協助讀者尋找書籍、解答他們的疑問，以及籌辦推廣閱讀的活動等等。

「表哥，你打算從這些書中選一個故事來改寫，並參加比賽嗎？」小楓問道。

「當然不是。我參加的是創作比賽，又不是抄襲比賽。老師經常說，要寫得好，先要讀得多，所以我想多看別人的作品，從中學習。老師還說我們要尊重版權，因為這是別人努力的成果，不能隨意抄襲取用。」

「説得好，給你一個
讚。」媽媽又一次豎起大
拇指說。

小知識

為什麼我們在圖書館裏
不能拍照？

因為拍照或錄影時，所發出的閃
光或聲音會影響他人閱讀、侵犯
私隱。另外，這也是為了保護圖
書著作的版權，避免人們拍下圖
書的內容進行抄襲。

顧客服務台
Customer Service Counter

小知識

我們可以自己登記外借圖書嗎？

只要準備好圖書證或已登記借書服務的智能身分證，我們就可以透過圖書館的自助借書機使用各種服務，包括：續借或外借圖書資料，以及查閱個人記錄、進行預約等。此外，圖書館外都設有還書箱，方便讀者隨時自助歸還圖書。

　　大家到櫃枱辦理借書手續，並不忘向工作人員道謝。

　　大家把書放進自己的背包和環保袋中。爸爸還提醒大家要愛護圖書，準時還書或續借。

　　走出圖書館前，表哥說：「創作故事之前，我創作了一句標語送給表弟表妹，作為熱身。」

表哥拿出一張紙，上面寫着：「開卷有益小書迷，愛書看書都做齊。」

　　「寫得真好！給你四個讚。」這次，不單媽媽，連爸爸、小楓和小澄都豎起了大拇指呢。

知多一點點

在香港，社區裏都有大大小小的公共圖書館及流動圖書館為市民服務。這些公共圖書館由康樂及文化事務署管理。小朋友，你去過香港的公共圖書館嗎？快來圖書館親身體驗閱讀的樂趣吧！

香港中央圖書館位於香港島，是全港最大的公共圖書館，設計獨特，其拱門設計象徵「知識之門」。

屏山天水圍圖書館是全港第二大的公共圖書館。館內設有戶外閱讀區，讓讀者可享受在戶外自然環境中閱讀。

公共圖書館外都設有還書箱，方便讀者歸還圖書資料。

自助圖書站24小時開放，讓市民可以隨時使用借閱、歸還、繳款及領取預約圖書館資料服務。

成人圖書館裏的書架較高而密集，小朋友要在大人陪伴下才可進入。

在兒童圖書館裏，小朋友可以跟爸媽一起看各種各樣的圖書。

圖書館是一個知識的寶庫，人們可以在這裏免費閱讀各種各樣的書籍。在圖書館裏，我們要注意遵守規則。小朋友，你能做到遵守以下的圖書館禮儀嗎？想一想，如果大家都不遵守規則，會發生什麼事？試跟爸爸媽媽說說看。

① 請保持安靜，不要高聲談話、喧嘩。

② 不准玩耍，奔跑追逐。

③ 請勿搶佔座椅，或是在座位上躺臥。

④ 閱讀圖書時要保持衞生，不要一邊看書，一邊吃東西。

⑤ 不要在書上塗鴉，請愛惜公物，小心翻閱，不要撕毀圖書。

⑥ 不要隨意亂放看完的圖書，請把書放回書架或書車上。

⑦ 完成借書手續，才把圖書帶回家閱讀。

幼兒社區探索系列

圖書館

作　　者：袁妙霞

繪　　者：黃裳

責任編輯：胡頌茵

設　　計：劉麗萍

出　　版：新雅文化事業有限公司

　　　　　香港英皇道499號北角工業大廈18樓

　　　　　電話：（852）2138 7998

　　　　　傳真：（852）2597 4003

　　　　　網址：http://www.sunya.com.hk

　　　　　電郵：marketing@sunya.com.hk

發　　行：香港聯合書刊物流有限公司

　　　　　香港荃灣德士古道220-248號荃灣工業中心16樓

　　　　　電話：（852）2150 2100　　傳真：（852）2407 3062

　　　　　電郵：info@suplogistics.com.hk

印　　刷：中華商務彩色印刷有限公司

　　　　　香港新界大埔汀麗路36號

版　　次：二〇二四年六月初版

ISBN: 978-962-08-8380-4

Traditional Chinese Edition © 2024 Sun Ya Publications (HK) Ltd.
18/F, North Point Industrial Building, 499 King's Road, Hong Kong
Published in Hong Kong SAR, China
Printed in China

鳴謝：

本書照片由Shutterstock 及Dreamstime 授權許可使用。